MARC HAVEN

TVRRIS EBVRNEA

PARIS

CHAMUEL, ÉDITEUR

M DCCC LXXXXII

Turris Eburnea

MARC HAVEN

TVRRIS EBVRNEA

« At nunc cicada cantat. »

PARIS

CHAMUEL, ÉDITEUR

M DCCC LXXXXII

SUR LE SEUIL

... qui tollis
peccata mundi...

Dans le rude chemin que vous m'avez tracé,
Sous les cieux lourds, marqué du signe du pécheur,
Si parfois j'ai faibli sous la peine, Seigneur,
Pardonnez-moi mes pleurs s'ils vous ont offensé.

Si parfois vers le ciel où resplendit votre œil
Ma révolte a poussé les clameurs de la haine,
Si parfois j'ai goûté la joie impure et vaine
Des foules réclamant aux buccins de l'orgueil,

Du moins mon cœur d'enfant n'a pas douté de vous
Même en les jours mauvais d'amertume et de fièvres,
Et quand j'eus blasphémé de mes humaines lèvres,
Je suis tombé, pleurant d'amour, à vos genoux.

Pardonnez-moi, mon Dieu, mes heures d'errement,
Pardonnez-moi la chute et la honte passée,
Vous êtes la bonté suprême et la pensée
Suprême, pardonnez au jour du jugement.

LES SEPT DEGRÉS

❖❖❖❖❖❖❖❖❖❖❖❖❖❖❖❖❖❖❖❖❖❖❖❖❖❖❖

D. M. P.

Plus tard les temps de vie auront passé dans l'ombre,
Éclair éteint aux fumeuses teintes des soirs,
La science et l'amour, les rêves, les espoirs,
Yeux fermés, doigts crispés, voix lugubre qui sombre.

Et ma voix médira de la forme et du nombre ;
Mes yeux seront vitreux jetés sur les yeux noirs ;
Et je m'effondrerai — tels les anciens manoirs —
Forme pure, dans la fosse boueuse et sombre.

Ame morte, étreignant le vide du moment,
— Si loin les champs, les ors, les cœurs laissés en friche —
Je tomberai dans l'éternel écœurement.

Bourgeois, dans mon salon bourgeois de velours riche,

J'irai faire mon whist d'un centime la fiche

Avec le receveur de l'enregistrement.

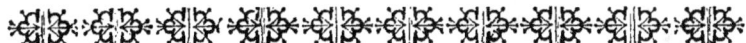

SOIR D'ÉTÉ

Après les durs travaux où s'acharne la brute,
Fatigué d'un labeur sans trêve en sa prison,
L'homme te voit tomber, soleil, à l'horizon,
Et, relevant la tête, il aspire ta chute.

Tout s'éteint jusqu'aux bruits les derniers de la lutte ;
Et, quand l'ombre envahit le cœur et la maison,
S'élève ton chant d'or où s'endort la raison,
Plus suave que l'ambre et plus doux que la flûte.

Tu nous verses l'oubli dans le parfum du vent
Qui s'envole le soir vers la beauté sereine,
Et l'homme, l'œil perdu dans les cieux, va rêvant,

Pour suivre les reflets de tes lueurs, ô reine,
Se jouer dans les flots d'un sillage mouvant
Sur la mer apaisée où glisse ta carène.

à Maurice B.

La neige tombe, ami, la neige
Éclaire la pâleur des soirs :
C'est l'hiver, avec son cortège
De givre sur les arbres noirs.
— Dans les boudoirs fourrés d'hermine
S'ébattent les Amours tout nus...
O bourgeois, ton front s'illumine
Car les beaux jours sont revenus.

Roses d'hiver dans vos voitures
Vous passez comme des éclairs,
Et vos yeux noyés de fourrures
Ont des regards câlins et clairs,

Comme en des gravures anciennes,
Vers des paradis inconnus,
Vont d'amoureuses magiciennes
Quand les beaux jours sont revenus.

Mais nous que possède l'envie
D'un inaccessible bonheur,
A ceux qui luttent pour la vie
Laissons le péché du labeur.
Loin des haines et du délire,
Des passions et des écus —
Calmes — laissons les humains rire
Aux beaux jours qui sont revenus.

Prince, à moi seul tes cris d'artiste !
Avec des pleurs mal contenus,
Nous chanterons d'une voix triste
Que les beaux jours sont revenus.

ÉLÉVATION

Enfant, quand le malheur effleura de son aile
Pour la première fois ton front pur de vingt ans,
Tu voulus le braver en ta volonté frêle
Et te tremper une âme insensible aux autans.

Si ton rêve était grand ta maîtresse était belle,
Et femme, et tu l'aimais. — Tu pleuras bien longtemps.
Tes serments ont lassé ta nature mortelle,
O rêveur d'éternel qui souffres dans le temps !

Car tes dieux sont d'argile et tes douleurs de celles
Qui conservent l'espoir des souffrances nouvelles.
Abandonné des dieux, lassé de vains efforts,

2

Va prier et pleurer sur leurs autels funèbres,
Tandis qu'éblouissant la noirceur des tènèbres
Se lève dans la nuit l'astre pâle des morts.

—

FEMINA SUPER BESTIAM

O toi, ma douce amante aux lèvres parfumées
Dont le baiser a rafraîchi mon âme lasse,
Je te donne ces vers qui montent vers ta grâce
Comme un encens vers les déesses innommées.

Je ne dirai ni ta jeunesse, ô ma chère âme,
Ni tes lignes d'orgueil joyeuses et si belles,
Car la forme est un rêve et l'oubli la réclame,
Et loin sont mes vingt ans chantant aux fleurs nouvelles.

Mais, tels des feux voilés montrant la bonne passe,
Je dirai tes yeux ceints d'auréoles aimées,
Au travers de l'orage éloigné qui s'efface
M'indiquant l'abri frais des douleurs accalmées.

Or, puisque nous marchons vers la tombe où tout reste,
Même le souvenir de l'heure tôt ravie,
Je te donne ces vers pour que le rythme atteste
L'éternité de l'art au néant de la vie.

Chacun des étages de cette tour
est consacré à une des phases du
temps. »

(*Cœur en peine*, 6, III.)

Aux éclatantes sonneries
Des cors dans les châteaux en fête,
L'écu au bras, le casque en tête,
Sous les ogives haut fleuries,

Ce sont des chevaliers qui partent pour la guerre.

Ecoutez le cor qui s'efface.
La poussière et l'oubli pèsent sur les bannières
Qui clamaient aux soleils de vos marches guerrières,
Fils dont l'œil ne voit plus les coursiers de naguères
Bondir dans l'ouragan qui passe,

Ecoutez l'âme qui s'efface !

A vos mains trop pâles et frêles
— Si loin l'originelle race —
L'épée est lourde et la cuirasse
Est lourde à vos torses trop grêles.

Adieu les chansons sur la vielle
Réclamant la gloire des armes ;
O poètes, chantez vos larmes
Cristaux figés au rire d'Elle.

Pleurez la dernière croyance ;
Pleurez ; sur votre siècle passe
En un lourd parfum de chair lasse
Le cadavre de l'espérance.

Nous, pâles héritiers de vos sanglantes fièvres,
Dont le sang appauvri ne rougit plus les lèvres,
Nous chantons les tristesses mièvres.

Nos âmes, de gemmes lassées,
N'ont plus de spasmes et bizarres

Qu'en des chatoiements faux et rares
De lumières et de pensées.

Et, dédaigneux de toutes choses,
Nous rêvons d'ultimes maîtresses
Effleurant d'étranges caresses
Nos fronts royaux d'enfants moroses.

30 septembre 1890

Là-bas, sur la mer bleue où chante le soleil,
Il est resté le bonheur doux et périssable,
Et la vague qui vient déferler sur le sable,
Y roule son cadavre aux reflets de vermeil.

L'oiseau des îles d'or qui chantait en mon âme
M'a quitté par un soir d'été vers l'infini....
Le ciel brillait trop pur d'un éclat trop béni :
Il s'est perdu vers l'île où se brise la lame,

Pleurant — si tristement — oh ! notre épithalame !

Reviendras-tu jamais, toi qui vibrais en moi,
Qui soutenais mon cœur dans les jours de tristesse,
Sentirai-je jamais sur mon front ta caresse
Qui mettait à mes yeux un regard ferme et droit ?

Il est mort l'immortel, mes blondes amoureuses !
Il ne sèmera plus de ses paillettes d'or
Vos terrestres cheveux : pleurez, pleurez encor
Le rêve inachevé de nos amours pieuses,

Pleurez votre candeur, pleurez notre trésor.

LES DOUZE PALIERS

RÉNOVATION

Pour le sang de sa lèvre et qui la parfumait,
Tu cherchas bien longtemps dans les missels antiques
La pâle fleur éteinte aux larmes ascétiques,
Qui devait épurer de ses parfums mystiques
Le front immaculé de celle qui t'aimait.

Mais sur tes yeux lassés la nuit versa son ombre,
Et tu laissas tomber le livre de ta main
Sans que la fleur d'amour l'ait frôlée en chemin;
Tu compris ta clarté d'hier sans lendemain
Et tu repris plus seul ta route encor plus sombre.

Alors, triste écolier, exilé des hauteurs,
Sur l'impassible chœur des frères que tu vantes,
Sur le livre câlin des phrases décevantes

Tu juras : « C'en est fait de mes amours vivantes,
« C'est assez de remords et c'est trop de douleurs;

« Mes amours ont vécu ne laissant derrière eux
« Que le dégoût des sens aux jouissances passées;
« Plus folles sont les nuits aux étreintes lassées,
« Plus triste est au réveil l'angoisse des pensées
« Devant le jour banal qui berce les heureux.

« En l'effroi solitaire aux heures de tristesses,
« Vous m'étiez apparus, fantômes doux et chers,
« O lois, fatales lois des baisers et des chairs.
« Vous avez à mes yeux séché des pleurs amers,
« Répandant sur mon front l'or calme de vos tresses.

« Car dans vos yeux trompeurs j'avais mis le trésor
« De la beauté suprême et de toute harmonie,
« Et malgré l'heure lourde et la forme finie,
« Les reflets ignorés de leur clarté bénie
« Faisaient vibrer en moi la lyre aux cordes d'or.

« Mais quand l'heure a sonné l'enchanteur s'est enfui;
« Au rire de l'esprit sonnant les épouvantes

« Une à une et longtemps les formes hésitantes

« Ont trébuché le soir dans les clartés sanglantes,

« Au brasier de mon cœur qui flambait dans la nuit. »

O frère, sans écho vibrait ton hymne où clame

Le saint déchirement des ultimes adieux;

Car nul n'avait compris que tu fermais les yeux

Aux pourpres du soleil qui rougissait les cieux

Pour vivre un renouveau l'aurore de ton âme.

« Pâle étoile du soir... »

A. d. M.

Pâle étoile du soir, messagère lointaine,
Si ton rayon qui vient, léger, bleuir les fleurs,
De mes yeux fatigués réclame encor des pleurs,
Encore un triste amour de mon âme hautaine,

Ne viens pas jusqu'à moi — ton espérance est vaine :
Car les temps sont passés où tu menais les chœurs
Des rêves azurés et des espoirs trompeurs ;
Le Dieu que tu fis naître est mort dans l'âme humaine.

Je ne sais plus pleurer, durant de longues nuits,
Vers le calme royaume où tu brilles en reine ;
Et, sur la route éblouissante que tu suis

Mon cœur ne rêve plus, las des bonheurs enfuis,
Que l'impassible paix de ta beauté sereine,
Pâle étoile du soir, messagère lointaine.

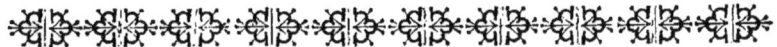

APPEL PERDU

Notre siècle hideux râle son agonie ;
Mais grâce à Dieu mon âme est encor trop hautaine
Pour que son dernier spasme, en son horreur obscène,
Eveille un rire en moi de suprême ironie.

Je vous méprise trop, mourants, races humaines,
Que la vague de vie aura bientôt quittés,
Je vous méprise trop pour pleurer sur les peines
Que Dieu réserve au flot montant d'iniquités.

Votre joie est immonde et souille la lumière ;
L'Esprit a fui devant les blasphèmes vainqueurs ;

L'or brille dans vos yeux, l'or sonne dans vos cœurs,
Chantez, voici la mort, votre chanson dernière. ·

Bien que vibre en nos cœurs votre Verbe puissant,
Prophètes de jadis, prêtres, Initiés,
Les maux sont accomplis que vous annonciez,
Et votre voix, ô nos aïeux, va faiblissant.

Or ce n'est pas sur vous, ce n'est pas sur nous-mêmes,
Que tombent mes sanglots ; vous, vous avez la gloire,
Vous vivez dans nos cœurs et dans notre mémoire;
Nous, nous avons l'amour des souffrances suprêmes.

Mais je plains ici-bas les âmes solitaires
Dont rien n'a fécondé les sublimes élans,
Si la mort la première a, sur leurs fronts brûlants,
Mis la douce fraîcheur des palmes salutaires;

S'il fut un noble cœur parmi la tourbe vile,
Rêvant pour l'accomplir un idéal trop beau,
S'il mourut infécond, n'emportant au tombeau
Que le tourment secret de sa douleur stérile,

C'est sur toi que je pleure, ô frère de mon deuil,
Et j'égrène à tes pieds le précieux rosaire
De mes larmes, joyaux que les maux de la terre
N'ont jamais fait briller à mes yeux pleins d'orgueil.

à Gaston M.

Des rochers d'Armorique, où leurs fières clameurs
Par la tempête, à l'âpre mer, jetaient l'insulte,
Amoureux des combats et grisés de tumulte,
Ils s'en allaient joyeux vers les envahisseurs.

En lettres de granit écrivant les arcanes,
Ils s'endormaient la nuit sous les dolmens dressés
Et les druides veillant sur leurs rêves bercés,
Aux lacs de leurs yeux clairs chassaient les Korriganes.

Mais chaque nuit quand tout dormait les blancs veilleurs
Cherchaient en vain au ciel l'éclat d'astres meilleurs,
Les cieux ne leur montraient que les hontes futures ;

Et sous les étendards des cohortes impures,
D'un pied romain foulant les tombes des aïeux,
L'orgie au sol gaulois fêtant la mort des Dieux.

·à *Jules L.*

Voici la nuit marraine et berceuse d'amour...

Vers son temple, à ses pieds, où s'éteignent les bruits,
Vienne le cœur navré de mystiques ennuis,
Pour chercher, l'œil blessé par l'éclat du grand jour,
Dans le calme du soir l'oubli du geste lourd
Et plonger sa douleur dans l'eau claire des nuits.

Voici l'ombre si douce aux âmes ulcérées...

Comme un voile tissé par des vierges sacrées
Pour le Dieu jeune et beau dont leur âme est éprise,
Flotte un parfum léger de verveine en la brise,

La terre, recueillie en son repos austère,
Semble écouter dans le silence et la prière
Parler un dieu rêveur très ancien et très grand,
Disant l'homme et la terre et les heures premières,
L'Eden et dans les nuits frissonnant de lumières,
Déployant leur essor calme vers l'Orient,
Les anges du Seigneur souriant à la terre.
Parle encor, dieu des nuits et rythme à tes paroles
Le chant des farfadets blottis dans les corolles;
De ton verbe sacré mon cœur se souviendra,
Et, quel que soit l'effroi de mon pas solitaire,
Du moins je n'aurai peur de l'ombre et du mystère
Qu'au soir — mort de moi-même — où ta voix s'éteindra.

Bien avant qu'aucun front sur mon front ne se penche,
O nuit, maîtresse pâle et folle de mes fièvres,
C'est dans tes noirs cheveux, dans tes yeux de pervenche
Que j'appris les sanglots et le rire des lèvres.
Tu berças mon amour naissant comme un enfant,
Et, pour lire en mes yeux ton culte triomphant,
Tu laissas entrevoir à mon cœur radieux
Le poème infini des astres et des cieux.

O nuit, tu m'as appris le travail dans les veilles;
Et si tu m'as bercé d'illusions vermeilles
Qu'envolèrent au jour les rayons de l'aurore,
Si le réveil fut triste et si j'en pleure encore,
Du moins j'ai vu passer dans ton ciel effeuillé
De roses et d'œillets de plus douces images
Que les plus doux regards qui jamais ont brillé
Pour rêver un amour au plus doux des visages.

Et quand plus tard, las des combats de l'existence,
A l'heure où monte au ciel le lys de la souffrance,
Solitaire blessé, dédaigné du carnage,
Je vins m'agenouiller et pleurer à ton seuil,
O bonne et douce sœur, tu consolas mon deuil,
Tu me donnas la foi, l'orgueil et le courage;
Ton seul baiser sur ma blessure mit son baume;
Tu changeas mon épée et mon casque et mon heaume,
Et, sur mon étendard souillé de mains humaines,
Tu versas ta candeur de liliale aurore,
Pour que dans la mêlée il resplendît encore,
Ferme au poing, envolé vers les hauteurs sereines.
Aussi, ceint du faisceau terrible de mes haines

Dardant les bleus reflets de leurs lances hautaines,
Froid, dans l'éclat lunaire et calme de l'azur,
J'érige vers ton ciel, ô Nuit, un temple pur
Elançant haut, vers l'orient, une menace
De lys et de rochers et d'aiguilles de glace,
Et dressant vers le lac des voûtes sidérales
Des sites hérissés de cimes boréales,

Symbole de mon cœur, mort de désespérance,
Temple, où parmi les cris et les rires glacés,
Loin des humains et vers toi seule sont dressés
Les sceptres orgueilleux de ma reconnaissance.

à Maurice B.

Mes vers sont des tombeaux très profonds et très doux,
Où les bruits du dehors n'ont pas d'écho dans l'ombre,
Et la lueur veillant dans le rythme et le nombre,
Y berce ma pensée en son amour jaloux.

Mais parmi les passants épris de labeurs vains,
Roulés au tourbillon de l'humaine poussière,
Le premier et le seul tu t'arrêtas et vins
Déchiffrer l'épitaphe et rêver sur la pierre.

J'eus donné pour mes dieux et pour celle que j'aime
Et l'argent de ma vie et l'or de mon amour...
Mais les dieux n'ont qu'un temps et la vie est un jour.

A toi qui l'affermis d'éternelle éclairée,
Je n'ai rien à t'offrir que le mystique emblême
De mon âme immortelle en offrande sacrée.

STELLA MATUTINA

La dame qui m'attend en son manoir gothique,
Si douce et pâle et blonde effeuillant des œillets,
Sur les feuillets jaunis des fleurs que je cueillais,
Rêve au seuil de la nuit un deuil emblématique.

Sa robe en un satin très souple et très ancien
De sa taille amincie à l'épaule s'évase,
Et d'un lys essoré qui s'efface elle phrase
L'attristante querelle au ciel d'iris éteint.

Et tandis qu'au vitrail entr'ouvert sur la plaine
Elle vient à pas lents s'accouder, vers ses yeux,
Issu du perron lourd de rose et de verveine
Monte un accord lointain de prière et d'adieux.
Or, quand j'arriverai las des chemins suivis
Et des combats livrés en la mauvaise guerre,

Le cœur saignant encore et le front vers la terre,
Pleurant mes ans d'espoirs et mes frères ravis;

Quand j'atteindrai près de faiblir les degrés lourds,
Et que je lèverai mes yeux vers sa lumière
Afin qu'elle y découvre et l'angoisse dernière
Et l'ultime espérance et mes saintes amours;

Celle qui m'attendait n'aura ni cris de joie,
Ni pleurs râlés d'amour, ni rires enlaçants,
Et je ne boirai pas en ses baisers naissants
Son âme tout entière en spasme qui flamboie;

Mais renaîtra l'aurore au mystique perron
De sa joie épandue en blanche aile de cygne,
Et les corolles d'or mi-closes s'ouvriront,
Tandis qu'elle viendra rythmant un geste insigne

Poser paisiblement sa main d'or sur mon front.

CHANT DE CLOCHES EN FÊTE

Les cloches de la mort pleurent planant dans l'heure.
Trapèzes angoissants et martelant le crâne,
L'onde s'envole et tombe et du son veule émane
Le rêve nauséeux qui nous berce et nous leurre.

Inutile et trop plein, sourd et lourd le bourdon :
Inutile et trop pleine et gonflée et bombée
Et scandée au choc flou de l'heure retombée,
Se traîne notre vie au mur de l'abandon.

Pitié ! Tu vas chasser mon rêve de néant
O voix inopportune et mauvaise de l'homme ;
Et si tu n'as pitié, du moins, crains en son somme
D'éveiller le vol noir des malheurs qui t'attend.

Respecte le silence où le chant s'exacerbe
En l'effroyable élan d'un sanglot — puis s'efface —
Crains l'écho de ton rire... et laisse la limace
Muette se traîner sous les traînes de l'herbe.

ROSA MYSTICA

Quand je suivais, enfant, les sentiers pleins de mousses,
A Dieu qui m'écoutait j'ai chanté mes amours;
Confiant et joyeux à chacun des détours
Mes lèvres et mon cœur cherchaient tes lèvres douces.

Partout, dans la fraîcheur des brises matinales,
Quand s'éveille l'aurore aux pilastres de marbres :
Dans les profondeurs d'ombre endormeuse des arbres,
Quand vibrent aux cieux durs des clartés triomphales;

Partout je t'ai cherchée, entrevue, ô déesse,
Comme un brouillard léger flottant parfois sur l'herbe,
Toi seule dont la voix devait dire le verbe
Qui dans la nuit illuminât mon allégresse.

4

Mais seul aux clairs matins, seul aux soirs pleins d'adieux,
J'ai vu passer les jours, sur les jours la douleur,
Et la terre changer sans que changeât mon cœur,
Et je ne sais plus rien que le vide des cieux.

J'ai désappris l'amour des spectacles terrestres,
Statue où vainement j'ai cherché la pensée,
Et je sens m'envahir la tristesse glacée
Et le deuil des grands lacs en les rochers alpestres.

Comme un moine égaré parmi le siècle impur
Pour mieux clore son cœur croisant ses mains d'ascète,
Je passe indifférent, solitaire, en la fête
Des matins et des soirs leurrant un même azur.

Mon oreille est fermée aux chants que tu me chantes :
De gestes étrangers mon œil n'est plus épris ;
Lourd de mon indifférence et de mon mépris,
Le voile est retombé sur les foules méchantes.

Et par delà, mes yeux ont fleuri les matins
Sous des cieux inconnus d'un étrange parterre,

Où daigne, en des massifs parfumés et lointains,
S'entrouvrir ta corolle inçonnue à la terre,

Rose mystique, ô fleur des rêves incertains.

à Edith P.

Quand le ciel adouci, de brises caressé,
Aux prés essaimera les papillons frivoles,
Reviendront-ils baiser les nouvelles corolles
Les frêles amoureux des fleurs de l'an passé ?

Chère, j'ai désappris les chansons de naguère :
Poursuis seule au jardin des roses illusoires
Le mirage trompeur des amours et des gloires ;
Mais que ta voix limpide épargne ma prière.

Je ne saurais, enfant, ni flatter ton orgueil,
Ni contempler le ciel à travers ta candeur ;
Je sais trop les secrets des lèvres et du cœur
Pour que la fleur d'amour refleurisse à mon deuil.

Et si ton âme un jour doit s'ouvrir à l'aurore
Eprise de lumière en nos sentiers obscurs,
Je ne veux pas avoir chanté d'hymnes impurs
Devant le temple jeune où Dieu sommeille encore.

ELSA DE BRABANT

Pourquoi pleurer, Elsa, ta dépouille mortelle ?
De la rive où le cygne aborda d'un vol sûr,
L'aile de la colombe a sillonné l'azur
Vers la sphère éclatante où Lohengrin t'appelle.

Ne verse plus, Elsa, de larme fraternelle.
Ta mort a suscité le Vengeur au front pur ;
Son pied terrassera l'hydre du temps futur,
Invincible gardien de ta gloire éternelle.

Celui que son amour conduisit jusqu'à toi,
Défenseur envoyé du Saint-Graal vers la foi
Lui laissa son cor d'or, sa bague, et son épée :

Son cor dira ton nom dans la sainte mêlée
Mais tandis que son glaive éblouira les cieux,
L'anneau saura ployer ses genoux orgueilleux.

L'ÉPREUVE SECONDE

Enfant, ton geste est grave et ta démarche fière :
Tu sembles conserver en ton cœur dédaigneux
Un secret éternel qui l'attriste et tes yeux
Sont ouverts sur la nuit où veille mon mystère ;

Ta voix est faible et ton front pâle et tes mains closes :
Pour un trop grand bonheur crains-tu l'heure jalouse ?
Crains-tu le vent qui passe, ô fleur, sur la pelouse
Jonchant les gazons morts de fleurs à peine écloses?

Ou bien ta main légère a-t-elle soupesé
La vanité d'aimer et le néant de vivre,
Et, lasse d'épeler, as-tu fermé le livre
Où la chair écrivit l'hymne ardent du baiser ?

Peut-être ton amour eut-il été la voie
Où j'aurais rencontré le bonheur sur mes pas,
Et dans tes mains que mes baisers n'ouvriront pas,
Peut-être gardais-tu les clefs d'or de ma joie !

Il est trop tard — ne m'attends pas sur mon chemin,
J'ai froid comme un caveau livide et plein d'horreur :
Ne viens pas jusqu'à moi, tu glacerais ton cœur
Et la lampe d'amour s'éteindrait dans ta main.

Va, poursuis ton voyage et garde tes secrets
Mon âme s'est trempée à des sources trop claires
Pour avoir soif encor des ivresses vulgaires
Et d'un leurre d'amours plus vains que des regrets.

Comme un soleil de mars éclaire sans tiédeur,
Comme une voix d'ami berce sans émouvoir,
Aux lueurs de ton pâle amour j'ai pu savoir
Que mon cœur était mûr pour l'œuvre du Seigneur.

LES TROIS TERRASSES

L'ERMITE

« Savoir. »

Aux vitraux flamboyants que j'adorais jadis,
L'or des soleils couchants sur les cristaux rutile;
Mais — sang et cuivre — au joyeux art du péristyle
Mes yeux de bure clos ne vont plus éblouis.

Et cependant, tu t'en souviens, si loin des villes
Voyageur rencontré, de ces calmes répits
Pour moissonner à pleines mains les fiers épis,
Les épis de l'orgueil superbes et stériles.

Un rêve étonnait l'arche et m'endormait au seuil
Qui s'efface aujourd'hui ne laissant de l'orgueil
Que la volonté claire à qui rien ne résiste;

Et, sûr de l'humble effort fait pour monter plus haut,
Je vais cachant sous les neuf plis de mon manteau
La lampe de l'Ermite et d'Hermès Trismégiste.

L'ÉTOILE DES MAGES

« Oser. »

La bataille saignait à flots depuis l'aurore ;
Par la lutte et la mort séparé de mes frères,
J'allais, captif parmi les races étrangères,
Et la nuit sur mes yeux tombait plus lourde encore.

Des soldats m'entraînaient avec un rire sombre,
Sans armes, le front nu, vers des îles lointaines ;
Pour servir des bouffons et de mauvaises reines,
Et mes efforts s'étaient brisés contre leur nombre.

Mais tu m'as aperçu : comme un songe au matin
S'efface, et dans la nuit comme un éclair s'éteint
Mes ennemis ont fui l'éclat de tes prunelles.

Et renaissant au jour des clartés éternelles,
Dans ton étoile qui brillait au fond des cieux,
J'adorai ton amour trois fois victorieux.

LE GRAND ŒUVRE

« Vouloir. »

De l'or, encor de l'or, de l'or puissant et clair,[1]
De l'or qui mette aux pieds des pauvres que nous sommes
Et les anges du ciel et les filles des hommes,
Et de l'esprit mourant fasse un trône à la chair !

Sous l'éternel passif que l'or jaillisse à nu :
Creusons l'abîme afin qu'un jour enfin pénètre
En notre cœur la joie immense de voir naître
Au fond du creuset sombre un éclair inconnu.

Qu'importe à ton labeur pour l'œuvre magistrale
Et tes nuits sans sommeil et tes jours sans gaîté?

Au jour levant l'Esprit du feu saura compter
Ce que vaut une ride à ton front jeune et pâle.

Mais au chemin rocheux où ton pied s'évertue,
Si parfois tu heurtas, intrépide marcheur,
La pierre à l'œil mauvais et qui porte malheur
Ou le fragment d'un marbre évoquant la statue,

O calme philosophe, apaise ta colère :
Souvent le dieu jaloux qui garde les trésors
Vient rire à notre oreille et railler nos efforts :
Sache oublier l'orgueil et te baisser à terre.

Rien n'est indifférent et rien n'est méprisable.
Samas qui fondit l'or aux cryptes d'Astarté
Les emplit à jamais d'amour et de clarté :
Chaque ombre est le reflet d'un ciel impérissable.

Aux blancs linceuls où les hivers bercent leurs morts,
Aux rires, aux frissons de la saison nouvelle,
Quand la foule qui passe en raillant te rappelle,
Concentre ton vouloir en suprêmes efforts.

5

Recueille la poussière émue à son passage
Comme un trésor plein de magiques talismans ;
Retiens les mots d'amour râlés par les amants
Dans le verbe inconnu qui vient te rendre hommage.

Et sans maudire ou dédaigner l'homme qui rôde
Autour de l'orbe d'or que ta droite a tracée,
Enchante son vouloir et charme sa pensée
Par le rite et le rythme inclus en l'émeraude.

Unis l'humble poussière à ton riche métal ;
Le mercure divin brille d'un feu subtil,
La terre se dissout, fixe le volatil,
Et regarde, voici que l'or, l'or triomphal

T'appartient : ton orgueil peut dominer les cieux :
Voici l'œuvre conquis d'éternelle jeunesse,
Et l'assouvissement dans l'ultime richesse
Des désirs infinis de volupté des Dieux.

LE TRONE SUPRÊME

✥✥✥✥✥✥✥✥✥✥✥✥✥✥✥✥✥✥✥✥✥✥✥✥✥✥✥✥✥✥✥✥✥✥✥✥✥

LE SPHINX

« Se taire. »

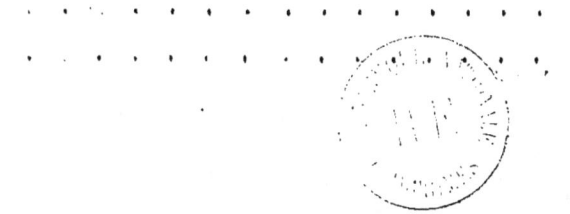

TVRRIS EBVRNEA

TOURS, IMP. E. ARRAULT ET Cie.